AF216893

Tucholsky Wagner Zola Sott Sydow Freud Schlegel
Turgenev Fonatne Wallace

Twain Walther von der Vogelweide Fouqué Friedrich II. von Preußen
Weber Freiligrath Frey

Fechner Fichte Weiße Rose von Fallersleben Kant Ernst Frommel
Richthofen

Engels Fielding Hölderlin
Fehrs Faber Flaubert Eichendorff Tacitus Dumas

Eliasberg Ebner Eschenbach
Feuerbach Maximilian I. von Habsburg Fock Eliot Zweig

Ewald Vergil
Goethe Elisabeth von Österreich London

Mendelssohn Balzac Shakespeare Dostojewski Ganghofer
Lichtenberg Rathenau Doyle Gjellerup

Trackl Stevenson Hambruch
Mommsen Tolstoi Lenz Hanrieder Droste-Hülshoff
Thoma

Dach Verne von Arnim Hägele Hauff Humboldt
Reuter Rousseau Hagen Hauptmann Gautier

Karrillon Garschin

Damaschke Defoe Hebbel Baudelaire
Descartes Hegel Kussmaul Herder

Wolfram von Eschenbach Schopenhauer Rilke George
Darwin Dickens Grimm Jerome

Bronner Melville Bebel Proust
Campe Horváth Aristoteles

Bismarck Vigny Barlach Voltaire Federer Herodot
Gengenbach Heine

Storm Casanova Tersteegen Gilm Grillparzer Georgy
Chamberlain Lessing Langbein Gryphius

Brentano Lafontaine
Strachwitz Claudius Schiller Kralik Iffland Sokrates

Katharina II. von Rußland Bellamy Schilling
Gerstäcker Raabe Gibbon Tschechow

Löns Hesse Hoffmann Gogol Wilde Gleim Vulpius
Luther Heym Hofmannsthal Klee Hölty Morgenstern

Roth Heyse Klopstock Kleist Goedicke
Luxemburg Puschkin Homer Mörike

La Roche Horaz Musil
Machiavelli

Navarra Aurel Musset Kierkegaard Kraft Kraus
Lamprecht Kind Kirchhoff Hugo Moltke

Nestroy Marie de France

Nietzsche Nansen Laotse Ipsen Liebknecht
Marx Ringelnatz

von Ossietzky Lassalle Gorki Klett Leibniz
May vom Stein Lawrence Irving

Petalozzi
Platon Knigge

Sachs Pückler Michelangelo Kock Kafka
Poe Liebermann Korolenko

de Sade Praetorius Mistral Zetkin

Der Verlag tredition aus Hamburg veröffentlicht in der Reihe **TREDITION CLASSICS** Werke aus mehr als zwei Jahrtausenden. Diese waren zu einem Großteil vergriffen oder nur noch antiquarisch erhältlich.

Symbolfigur für **TREDITION CLASSICS** ist Johannes Gutenberg (1400 — 1468), der Erfinder des Buchdrucks mit Metalllettern und der Druckerpresse.

Mit der Buchreihe **TREDITION CLASSICS** verfolgt tredition das Ziel, tausende Klassiker der Weltliteratur verschiedener Sprachen wieder als gedruckte Bücher aufzulegen – und das weltweit!

Die Buchreihe dient zur Bewahrung der Literatur und Förderung der Kultur. Sie trägt so dazu bei, dass viele tausend Werke nicht in Vergessenheit geraten.

Kurze Prosa

Gerrit Engelke

Impressum

Autor: Gerrit Engelke
Umschlagkonzept: toepferschumann, Berlin

Verlag: tredition GmbH, Hamburg
ISBN: 978-3-8495-2988-8
Printed in Germany

Tagebuchnotizen

1912

Wagners Musik: eine Musik mit umgebogenen Spitzen.

Die George-Schule: eine Kunstgewerbeschule.

Rembrandt: das ist ganz Inhalt gewordene Form.

Richard Strauß ist glänzendes Ende, nicht Anfang.

Richard Strauß: man ist immer mehr in die Farbentöpfe gestiegen und immer weniger in den tiefsten Resonanzkasten der Seele.

Schiller: ein deutscher Grieche, getauft mit Revolutionsblut.

Rodin: das ist ein verkleinerter, impressionistischer, französischer, d.h. etwas femininer – Michelangelo.

Beethoven: der Maler der Seele.

Beethoven: ein Wille, der alle Schranken bricht.

Beethoven – das ist: welterschütternd dröhnende Sehnsucht. Das Volk soll zur Kunst hinauferzogen, nicht die Kunst zum Volke hinabgezogen werden.

Der aus der Landschaft hervorgehende Mensch –

Stil ist gesteigertes Nervengefühl.

Rhythmus ist Blutgefühl.

1913

Immer in der modernen Kunst, Literatur: das Geschlechtsteil als Mittelpunkt des künstlerischen Körpers. Nicht so – das Herz ist der Mittelpunkt! Das Herz mit seiner Hauptbeziehung zum Hirn, und mit der anderen Beziehung zum Geschlecht.

Dem Geschlecht, der Liebe ihr Recht: darüber aber das Herzhirn! Der Künstler sei nicht allein Spiegel der Dinge – er sei ein höheres:

Quelle! das heißt: Persönlichkeit, starke Persönlichkeit von innen nach außen, und Welt-Erde-Graber und Berghäufer. Es soll kein

Mensch an einem Kunstwerk ändern: streichen oder bessern, allein nur der Schöpfer! Es sei sonst, wie es sei. (Wagners, H. v. Bülows, Mahlers Änderungen an Beethoven und anderes.) Es soll kein Mensch in einem Kunstwerk nach des Künstlers Unterkleidung suchen! Es ist ein anderes und hat nichts mit dem Werk gemein.

Aus unserer Malerei wird vor dem Gericht der Zeit nur Hodler bestehen. (Der Mann hat Rhythmus im Leibe!)

Um eine Antwort zu geben auf die wiederkehrende »Was ist das?-Frage« des Beschauers meiner Gefühlszeichnungen: –»Unbewußte Musik!«

Der christliche Dichter braucht nur Begriffsworte wie: Gott, Maria, Himmel, selig – usw. zu setzen, so erweckt er bei dem christlichen Leser schon erhabene, wesenserfüllte Vorstellungen. Aber nicht seine eigenen, einfachen Meinungsworte, sondern neunzehn christliche Jahrhunderte begründen diese Wirkung.

Anders der pantheistische Dichter.

Sein Glaube ist eigentlich ein immer neues Gebiet, und er war dieses wohl auch in den wenigen pantheistischen Erscheinungen der alten Zeiten.

Er setzt bei dem Leser keinen Vorstellungsgipfel voraus, sein Glaube lebt und wirkt in die Breite.

Hat der christliche Dichter am Ende die gotische Domspitze erreicht, so ist zu gleicher Verhältniszeit der pantheistische Dichter in Nichts und Alles zerflossen.

I. Das, was ich als einen Fehler Dantes in der Göttlichen Komödie zu erkennen glaubte: daß er den Schluß des Epos' noch in der Vergangenheit erzählt! Während er am höchsten Punkte (Gott) angekommen ist und somit überhaupt am Ende steht, steht er doch noch hinter diesem Ende und kann niemals zu einem letzten Ende kommen – eben bedingt durch die Vergangenheitsform. Also im Epos etwa: Vergangenheit und Gegenwart! Die Hauptperson vielleicht in der Mitte stehend, und von da aus (in der Gegenwartsform) weiterschreitend (mein Epos!).

II. Und doch: hat Dante nicht das Recht zu dieser Form, mußte er nicht so sprechen? Denn: er erlebt diese Komödie nur im Geiste, als ein geistiges Erlebnis in soundsoviel Tagen – dann kehrt doch der Mund, der gesprochen, in das tägliche Leben zurück! Dann kehrt der Mensch, der diese geistige Reise beendet hat, in das wirkliche Leben zurück! Er *muß* also hinter dem Ende der Komödie stehen, er mußte die Vergangenheitsform setzen.

III. Beide Meinungen haben wohl die gleiche Berechtigung, gleichen Wert. Da die zweite (die Vergangenheitsform) jedoch die anschaulichere, die wirkendere ist, ist sie die bessere, die angebrachtere.

Leidenschaft ist innerer Rhythmus.

Erkenntnis (Eindringung) ist Alles!

Schillers Gedichte: Ein Darstellen (weniger: Gestalten) von seinem Kopf, von seinem Willen aus – kein Eindringen in die Dinge, kein »Für-die-Dinge-reden«.

Arno Holz: »Die Kunst hat die Tendenz, die Natur zu sein; sie wird sie nach Maßgabe ihrer Mittel und deren Handhabung.«

... Die Kunst hat nicht die Tendenz, unvollkommene Natur (dieses könnte sie nach Maßgabe ihrer Mittel nur werden) zu sein!

Kunst ist: Das Eindringen (Erkenntnis des innersten Wesens) in die Dinge, Herausschöpfen des unbedingt Wesentlichen – und die Gestaltung (nach Absonderung der übrigen Fülle, da die Kunst nach Maßgabe ihrer Mittel nicht die ganze vollkommene, vielfältige Natur geben kann) durch die Persönlichkeit, durch den Filter der Persönlichkeit zur begrifflichen Form.

Also: nicht Wiedergabe (Photographie) sondern Umschaffung – ja, Schöpfung eines ganz Neuen.

Zu den Versuchen einiger, das Tragische mit dem Komischen zu verschmelzen:

Es ist ein ewiger Widerspruch zwischen dem Komischen und dem Tragischen, der in dem Wesen der beiden Begriffe begründet ist.

Das Tragische und das Komische sind Gegensätze! In dem ganzen weltlichen Geschehen sind Gegensätze, vor allem diese beiden: Freude und Trauer – Und doch Pantheismus? Ja und ja! im ersten Grunde und in letzter Höhe, in dem, was außer unserem weltlichen, begrifflichen Geschehen ist: ist alles gleich!

Und was ist ein Drama? Doch nur ein winzig Stück Menschengeschichte gegenüber den größten kosmischen Zusammenhängen, die wir Menschen nur ahnen, nicht erfassen können.

Es ist dem Menschen unmöglich, zu tun, was nur der Gott-Geist vermag: Ungleiches zu Gleichem zu zwingen.

Hebbel. – Wollen wir nicht lieber Lichthöhen als dunkle Tiefen? Hebbel war ein Tiefbohrer, kein Turmbauer, (keiner, der aus Weltstoff seinen Turm baut und von ihm aus seinen kosmischen Gefühls-, Gesichtskreis weithinausrundet) – darin liegt die Beschränkung seiner Größe.

Hierin liegt des Tragikers Wert, des – Auswirkens-auf-die-Menschen überhaupt.

Wollen wir nicht lieber helle freie Turmfreude, als engen dunklen Schacht-Ernst? Der Tragiker – die Beschränkung, der große Lichtdichter aber die Weltweite!

Große Persönlichkeit, das ist – quellstarke, durch den Träger selbst ungehemmte Kraft, die sich den Menschen aufzwingt.

Auf den Grabsteinen immer: »Hier ruht in Gott« – welche Anmaßung der Zurückgebliebenen! Ihre Trauer gibt ihnen den Mut, soll ihnen das Recht zu dieser doch meist falschen Behauptung geben.

Rhythmus ist Leben – Leben ist Gott.

Um Wagners Musik genießen und würdigen zu können, ist es nötig, daß man den Menschen Wagner von dem Werk trennt.

Es ist so: die zeitlichen, die zeitgebundenen Gedichte sind voll rauschenden Lebens; die zeitlosen, die ewigen Gedichte, das sind die negativen: Wir kommen – Wir gehen, – Wir wissen nichts! – Das ist ihr Klang.

Ich glaube daß es gar keine Entwicklung des inneren Wesens der Kunst gibt, – sondern daß alle Kunstäußerungen, (sichtbar in den Gesamtwerken der einzelnen Künstler), nur immer wieder von neuem, gliedgleich vorgetriebene Sichtbarmachungen von einem Zentrum, dem Urgrund aller Kunst sind.

Entwicklungen, wie etwa: Bach, Beethoven, Wagner, Strauß, sind nur durch die Zeiten bedingte Formveränderungen. Die Formen wechseln, das Wesen ist unveränderlich, ewig.

Ich glaube, daß es keinen guten Künstler gibt, der nicht, nach irgendeiner Richtung hin, mehr oder weniger musikalisch ist. Ein vollständig unmusikalischer Künstler kann keiner von den ganz echten sein, keiner, dem goldenes Blut strömt.

Muß nicht ein großer, guter Architekt nach Beethovenschen Sinfonien Häuser bauen können? –

Der Rhythmus, der Rhythmus!

Alles Geschehen in der Welt – Variationen eines göttlichen Themas.

Widersprüche im Dichter: (die die Rezensenten ihm gern vorhalten!) – Im Dichter schläft das Chaos.

Musikfarbe: Beethoven: tiefer, satter Blutgoldton. Grieg: der Silberton, der Silberlufton. Bach: das ist die All-Orgel.

In folgender Dreiteilung könnte vielleicht ein Kapitel über mich geschrieben werden, (man kennt sich selbst am besten):
I. Der Weltmensch, (Stadt- und Weltgedichte).
II. Der Künstler, (Einfache Gedichte und Lieder).
III. Der Fantast, (Kosmische Gedichte).

Jede Verfeinerung der Kunst ist eine Gefahr für diese. In unserer Zeit ist bis jetzt im allgemeinen nur eine Schärfung der Mittel erreicht. Das ist die Gefahr. Sie muß durch eine neue Ursprünglichkeit beseitigt werden.

Aus Verdauung unseres Kulturreichtums soll die neue Ursprünglichkeit erstehen. Ursprünglichkeit ohne voraufgehende Kulturüberwindung ist Primitivität. So aber wird es reiche Einfachheit werden.

Kunst dem Leben gegenüber:

Letzten Grundes entspringt die Kunst doch einer gewissen Dekadenz. Die Kunst der Kulturvölker (Europäer, Inder, Japaner) entsteht aus einer Kulturhochspannung, die bis zum Kulturekel umschlägt.

Verfeinerung (Kultur) ist Zersetzung. Ist Kunst dem naturkräftigen Leben gegenüber etwas anderes als Dekadenz? –

1914

Leben und Denken: Chaos.

Es gibt keine absolute Einheit in Welt und All. Überall Gegenlinien, Gegenbewegungen, immer neue und wieder neue: Leben!

Die großen Denker sind doch nur Seiler, die einige große Stränge zusammenflechten. Auch sie sind nur Menschen: Daseinspunkte im Chaos umhergewirbelt, wie alle anderen, und nur scheinbar Hirn-Herrscher.

Man könnte sich einen Gott denken, der alles in den Händen hält. – Gott allein ist die Einheit.

Jede Ruhe ist Stillstand: der geringe Wert der »stillen Dichter« und der »Stillen im Lande« für fortschreitendes Leben und Kunst!

Blick auf das Vergangene, Wirkung des Vergangenen: Alles Vergangene erscheint uns geschlossener, bedeutender, ausdrucksvoller als unsere augenblickliche Umwelt. Wir leben mit in unserer Zeit. Wir treiben in Strömungen, so daß wir nur, wenn wir uns in Ruhepausen aus ihnen erheben, das Vergangene wie ein Meer mit vielen Inseln, wie Welten übersehen können.

Hieraus resultiert auch die künstlerische Formung des Vergangenen aus der Erinnerung. Erst die Erinnerung ist dem Künstler (in größtem Maße dem Dichter und dem Denker) die Befreiung vom Erleben – das ist die erste Treppe zum Aufstieg der Übersicht. Dann kommt die Gestaltung in Reife. (Hierzu: die starke Wirkung der Dichtungen [Epen], die in der Vergangenheitsform auftreten!).

Kunst aus Kunst (man wird wissen, was ich meine):
Kunst aus Kunst ist Inzucht! (wenn nicht gar mitunter Inzest) –
lebensunkräftige Kinder werden geboren.

Das Weltleben soll immer der Mutterkuchen des werdenden herr-
lichen Kindes »Kunst« sein.

Keine Zeit kann sich vom Materiellen frei machen. Darum wollen
wir nicht: Überwindung des Materialismus, sondern: Durchgeisti-
gung desselben. Solches ist uns bitter not. Ein Freund sagt mir: »Du
wiederholst dich in deinen Gedichten.« (Im Anschauen der Welt,
kann er nur meinen.) Ich: »Schließlich gibt es ja auch nur *ein* Thema.
Alle Milliarden von bunten und wirbelnden Erscheinungen des
Daseins sind nur Variationen des *einen* Themas vom Leben, vom
Lebensrhythmus!«

Warum solch ein Geschrei um die Futuristen und Kubisten? – Sie
geben doch nur unvollkommene Kunst, glänzende Einseitigkeit. Sie
geben chaotischen Inhalt ohne zusammenzwingende Form. Gewiß
ist der umschließende Bogen der Form in allen Künsten weiter gespannt vor der wachsenden Fülle der Zeitereignisse; hier aber ist er
überhaupt nicht da – und er *muß* immer da sein. Die Form kann
eben gar nicht da sein, da die Futuristen und Kubisten (die Form-
grenzen ihrer Kunst verkennend) ganz unmögliche Gebiete wählen.
Wirbelndes Leben, Bewegtheit kann nur (und nur in einigen Fällen)
der Dichter (der vor dem bildenden Künstler über umfassendere,
beweglichere Ausdrucksmittel verfügt) – oder der lautmalende
Orchesterkomponist darstellen. Doch werden beide Darstellungs-
weisen immer unzulänglich sein.

Der bildende Künstler (im stärksten Maße natürlich der Plastiker)
kann jeweils immer nur eine Erscheinung (ausnahmsweise wohl
einige, wenn sie ganz in Ruhe verharren) aus dem Leben greifen
und sie dann zum vollkommenen Kunstwerk (das ist: die vollstän-
dige, wechselseitige Durchdringung von Form und Inhalt) ausge-
stalten; nie aber Dutzende rastlos bewegter Erscheinungen.

Kandinskys »Improvisationen« können beim Beschauer nur Interesse für die raffinierten Farbenzusammenstellungen und (bestenfalls) rhythmo-musikalische Gefühle erwecken; sinkt im ersteren Falle für den Menschen mit einfachem Kunstverstand diese Kunst zur Dekoration herab, so wird sich im letzteren der »Einfühlende« des Eindrucks der kindisch-raffinierten Primitivität dieser »Klänge« nicht erwehren können. Es ist so, als wollte ein Dichter durch gehäufte Alliteration Musik machen, als wollte ein Orchester nur stumpfe Rhythmen ohne sinngebende Melodien darbieten –es ist Unzulänglichkeit (wenn auch glänzende). Es ist auch hier (im Futurismus und Kubismus), wie in manchen Gebieten der anderen Künste nur eine Schärfung der Ausdrucksmittel erreicht, die unter dem Drucke der Übertreibung, der neurasthenischen Überhitztheit, der falschen oder maßlosen Anwendung zur Zersplitterung, zur Auflösung dieser Kunstrichtung führen müssen.

Wir wollen Kunstwerke, die wie Blöcke sind. (Und dann noch: mir persönlich erscheint dieser ganze Futurkubismus als hirnberechnete, ungesunde Massensuggestion, die schon zu viele Gegenden und Köpfe verwirrt und verschlechtert hat.)

Ich denke bei Wagners Tristan (auch bei Teilen des Tannhäusers) daran, daß Aubrey Beardsley Wagners Musik liebte. – Das ist Wesensverwandtschaft. Beider Kunst ist morbide. – Ein *germanischer* Stoff ist im Haschischrausch zur blühenden Hysterie geworden. (Von hier ab datiert das Überhandnehmen der Kunstfertigkeit, die die Ursprünglichkeit erstickt.)

Zum Thema: Epigonische Gefolgschaft, die mehrere deutsche Schriftsteller und Dichter den nordischen leisten:

Eine gute Umdichtung einer fremden Poesie ins Deutsche steht hoch über einer philologischen Übersetzung; – es gibt aber Fälle, in denen man eine Übersetzung der »Umdichtung« vorzieht.

Wir konstruieren ganz erstaunliche Wunder der Technik: kilometerlange Brücken, wolkenhohe Häuser, Luftschiffe und andere rasendschnelle Beförderungsmittel – und denken nicht, daß wir nicht glücklicher dadurch werden, daß wir nur Hast und Angst in unser Leben tragen: daß wir nur schneller leben – und daß wir uns immer mehr vom Materiellen, von Stahl und Dampf und Elektrizität, daß wir uns immer mehr von den neuen Mitteln zu neuen Bedürfnissen, die wir unnötiger- und zweckloserweise uns schaffen, – *knechten lassen*! Wann werden die Kräfte, die jetzt nur für den äußeren Menschen angewandt werden, auf den inneren Menschen gerichtet?

Die Liebe kann das Idealste oder das Gemeinste sein. Jeder schafft sich selber den Grad des Wertes.

Baukunst: Romanisch – »materialgerechte« Architektur des praktischen Stilgeistes.

Gotisch: materialaufhebende, das Gesetz der Schwere durchbrechende Architektur der mystisch hochstrebenden Seele.

Unsere Zeit ist groß durch – Zersetzung. (Militarismus, Kriegsmaschinen, Industrie, Technik, die immer vollkommener werden und daher mit wachsendem Erfolg die meiste menschliche Arbeitstätigkeit in mechanisch-maschinelle Kompliziertheit auflösen.) Dichtung der Jungen, die sich in verstandesscharfer Zuspitzung der Ausdrücke gar nicht genug tun kann, (dadurch natürlich das letzte bißchen ursprünglichen Gefühlserlebnisses zu Draht macht), – und sich in immer neuen Abstraktionen selber zu übertrumpfen sucht. Malerei, die sich in Ölfarbe und deren mehr oder weniger raffinierten Verwendung erschöpft. Musik, die zu den tausend Nerven, mitunter gar nur zu den Trommelfellen spricht – statt zur Seele. Unser kluger Materialismus ist jetzt schon fast restlos »vollkommen«. Möge uns zer-...

[Zeile fehlt im Buch. Re]

... technisierte Menschen bald wieder *ein* panisches Grundgefühl beseelend durchdringen.

Nicht starres Schema, sondern gewachsene Form, lockere oder aufgelöste Form, wie man sagt – aber nicht lockere, nicht aufgelöste Formen.

Sonett, Stanzen usw. mit Worten aufzufüllen, dazu bedarf es keines besonderen Abwägungsgefühls beim Dichter, während die

»lockeren« Formen ein stark entwickeltes Großrhythmus- und Fein-rhythmusgefühl bedingen. Das ganze Gedicht und jedes einzelne Wort hat das Blutgefühl des neuen Dichters genau abzuwägen, ehe das Ganze als ausmodulierter Klang dasteht. Also keine willkürliche Formlosigkeit, sondern Mußform.

Dies starke Rhythmusgefühl des neuen Dichters konnte erst unsere starke Zeit erregen.

1915

Leben heißt: Erleide deine Welt!

Die Kunst hat den einzigen Zweck: den Menschen zu erheben. Sie tut dies gleicherweise durch Freude wie Schmerz. Sie hat immer nur den einen notwendigen Beruf: den Menschen in seinem heimlichsten Innern anzurühren.

Zur bildlichen Darstellung Marias und Jesus Christus: Während Maria fast immer durch die Würde der Mutterschaft als Verkörperung des urweiblichen Prinzips tief menschlich und darüberhinaus als Gottkindgebärerin göttlich ergreifend wirkt – bleibt Jesus, weil ihm entgegengesetzt das Symbolhaft-Männliche, also das Zeugungskräftige (im höchsten also auch geistigen Sinne verstanden) fehlt, und weil er kein Heros, sondern der große Dulder ist – für das westeuropäische Empfinden immer eine Verbildlichung des Unmännlichen und daher – nichtmenschlich.

Um wieviel mehr packt die kaum darstellbare Gestalt des Vaters, des ehernen alttestamentlichen Gottes! –

Jeder formt sich nach seinem Gefühl das Bild seines Gottes. Und so ist es recht.

Aus den Entwürfen zu *Don Juan*: Ganz aussprechen und hingeben kann man sich immer nur dem einen einzigen Herzen, das man immer sucht. Ist es nicht so, als sei es unser eigenes Herz, das außerhalb unseres eigenen Körpers irgendwo in der Welt auf uns wartet – nach dem wir auf ruheloser Entdeckungsfahrt Zeit unseres Lebens jagen? Ich habe es immer gesucht. –

Über Möglichkeit des Tragischen in unserer Zeit und über die neue Weltdichtung

Ein neues Weltgefühl ist im Werden, ein Allverwandtschaftsgefühl; wohl läßt sich ein solches auch in den alten Zeiten nachweisen; bei den Mystikern, bei Giordano Bruno, Rousseau, Goethe; doch kann man, muß man unser Weltgefühl, so weit es jetzt schon merkbar, seiner Intensivität, seiner außerordentlichen, ausgebreiteten Ausdrücke wegen, als ein ganz neues bezeichnen, das nur unserer Zeit zu eigen ist. Der einzelne im Volk sträubt sich gegen die Eingliederung in den Weltkreis dieses Gefühls. Unsere rastlose Werkzeit ist so eisenstark, so gesund an allen unendlich verzweigten Gliedern, daß sich die Tagesmenschen vor ihrem unerkannten Hammerrhythmus, vor ihrer tausendtürmigen Größe ängsten. Sie sollen sie lieben lernen! Darum reden die Dichter zu ihnen, zu allen!

Den vorläufig vollkommensten Ausdruck findet das Weltgefühl in der neuen, in der Zeitdichtung. Die großen Anfänge sind die Dichtwerke Whitmans, Verhaerens, Dehmels. Sie sind die Erkenner und Künder des Weltgeistes und die Bereiter der Wege zu den neuen Formen des Zeitrhythmus. Die Entwicklungen aus diesen Anfangsgründen sind die unabgeschlossenen, zeitfroh-lebendigen Dichtungen, die rhapsodischen Zeitgesänge der: Paquet, J. V. Jensen, der Dichter des Quadrigakreises, der Dichter vom »Neuen Pathos« und anderer. Diese jungen Dichter sind Hoffnungen, Wechsel auf die Zukunft, die uns zu dem Glauben berechtigen: daß wir die großen Zusammenfassungen, Beschließungen, die Zeitwerke, die epischen Krönungen in einigen Jahrzehnten haben werden.

Des heutigen Dichters Nervennetz (es ist ein Schwamm mit tausend Poren) hat sich verzehnfacht vor der ungeheuren Fülle der Zeit; er ist in allen Dingen hingegeben – doch reißt er wieder Stück um Stück aus dem Leben und ballt es zur Gestalt auf. Und sein Herz allein kann den Zeitreichtum nicht mehr fassen; das Hirn muß helfen; was das Gefühl nicht mehr aufnehmen, umspannen kann, das ordnet stark und weise der Gedanke in den Kunstkreis ein. Dem Dichter ist das Hirn ins Herz gesunken: es ist eins geworden in seiner Dichtung. Daß die jungen Dichter ekstatisch predigen, ist nicht verwunderlich, denn aus ihnen stammelt das Chaos der Zeit.

Ihre Jugend ist von den Dingen, ist vom neuen Leben überwältigt; doch ihr Alter wird später Distanz zu den Dingen gefunden haben: man wird weniger predigen – und mehr gestalten.

Die neue Dichtung ist mitten aus unserem Leben: sie ist der Ausdruck unseres Lebens, die Generalmelodie, die aus dem gewaltigen Grundrhythmus unseres Tatlebens über ihn wächst. Dies ist keine Kunst, die dem breiten Volkstage fremd ist: diese Kunst ist Blut von unserem Blut, so sehr, wie es eine Kunst überhaupt sein kann!

Zum erstenmal können sich Dichtung und Lebensvolk die Hände geben: der Kraftfunke springt über – nun können sie zusammen marschieren!

Die jungen Dichter sind Dampfhammerleute, nicht nur Lebensschreier. Sie sind auch Seher und Verkünder des Ewigen. Sie fühlen im Weltbraus das Unzeitlich-Große, sie wissen: unser stampfendes Leben ist ein ewiges. Sie geben bei aller Zeitgebundenheit das Unzeitliche: den Menschen, das Leben, die Seele. Und es wächst in ihnen immer mehr die Beseligung, der Glaube: in allem ist Gott! Bald taucht dieser Glaube nur als Urgefühl in den Dingen auf, bald ist er gestaltet zu Weltgebeten, bald verpersönlicht zu Gott, dem heiligen Riesen, dem Vater von Anfang zu Anfang!

Die neue Weltdichtung, unmittelbar aus dem Leben geboren, strömt wieder in dieses zurück und begeistert, kräftigt den Menschen zu frohem Ansehen seines Werktags und zur Erkenntnis des Wesens und Wertes seiner Taten.

Die neue Weltdichtung kann uns vom starren, unfruchtbaren Materialismus, zu dem unsere Zeit mit ihrem gesteigerten Außenleben natürlicherweise neigt – kann uns vom Materialismus, indem sie ihn durchgeistigt, beseelt – erlösen! – wenn wir Menschen es wollen!

Eine neue Kunstwelt nach dem Kriege?

Zu all den Segnungen, die dieser große Kampf, den wir mit Recht den deutschen nennen, und von dem kein Deutscher glaubt, daß er nicht siegreich für uns wird – zu all der sittlichen Reinigung und Einigung der besten Volkskräfte, zu all den verzweigten, stilleren Segnungen, die wir jetzt noch mehr ahnen und fühlen, denn bewußt feststellen können, die erst nach dem Kriege gewertet werden, soll nicht zu ihnen auch eine aufbauende Einigung der deutschen Kunstkräfte kommen, nach der seit etwa zwanzig Jahren alles Junge, und das ist das Lebende, drängt?

Die Zeit der Kunst vor dem Kriege, mit ihren vielen Schwankungen und Neuerungen, war eine der großen vorbereitenden (daher an großen, bleibenden Werten verhältnismäßig armen) Perioden, wie sie zwischen allen großen, fruchtbaren Kulturzeiten zu finden sind. In dieser Anschauung können uns auch die aus dem Gärungsteig hervorragenden, in Einzelwirkungen meist ganz vollkommenen Werke der Tessenow, Behrens, Taut, Hodler, Schönberg nicht beirren; ihre Werke, die die kommende Kunsteinheit, den kommenden Zeitstil ahnen lassen, Werke, zu denen unsere Zeit noch nicht den Gleichschritt gefunden.

Es war eine Pubertätszeit. Das zeigten besonders die Jüngsten im Futurismus, Kubismus (die freilich romanischen Ursprungs sind, deren Aufsaugung aber nur den Willen nach Neuem beweist) und in der im- oder expressionistischen Großstadtlyrik. Daß unsere Menschen über deren Leistungen, die aus Überhastung des künstlerischen Wachstumstempos, aus unfertiger oder ganz und gar irriger Verkrampfung absurd oder hysterisch wirken – lachen, ist nicht wunderlich. Aber doch ist es Drang. Und das ist das Wertvolle, wertvoller denn ihre Kunstwerke.

Alle diese Jüngsten haben sich mehr oder weniger von dem, was die eigentlich nationale Stärke *deutscher* Kunst ausmacht, haben sich von der gesunden, echten Schwere, von der unverwaschbaren Sprache (gegen die besonders die neueste Lyrik aus Neusucht gesündigt), von dem deutschen *Gemüt,* von der *Vertiefung,* die die anderen Völker an uns rühmen oder uns auch als »Philosophiererei«

zum Vorwurf machen – entfernt. Möge dieser Krieg unsere Kunst wieder in ihr Zentrum werfen.

Dem Deutschen liegt die Neigung zur Weltbetrachtung, zur Weltfreundschaft im Blut, und darum werden wir dann auch nicht aus nationaler Einschränkung (welches Fertigung ist) den Anschluß zur Lebenskunst der übrigen Welt verlieren. Und: es gibt in der Welt und über der Welt nur *eine* Kunstseele, nur *eine* beste und ewige, das heißt: *bleibende Kunst!*

Zur Ausstellung von Lithographien Eduard Munchs im Kestnermuseum

Wer wird diesen dunkelsinnigen, aufgewühlten Norweger hier nicht als fremden Eindringling empfinden – doch möge kein Besucher das denken, was jener hier sagte: modern ist verrückt und verrückt ist modern. Möge keiner zu den Futuristen, Kubisten und anderen Entgleisten diesen Munch werfen.

Munchs Ruf in der europäischen Kunstwelt ist der eines Großen. (Er wird jedoch wohl in unserer alles-vereinenden oder übertrieben gesagt: alles-gleichmachenden Zeit, wie alle einzelnen, eigenwilligen Persönlichkeiten, überschätzt.) Der erste Rundblick hier läßt schon erkennen, daß Munch ein Künstler von unheimlichem Ernst, ein Künstler von Blutberuf ist.

Da ist ein wunderbar zur Größe eingezwungener »Ibsen im Kaffeehaus« – man halte im Geist die Ibsen-Lithographie Karl Bauers daneben –, und man wird fühlen, daß dies der Weltdichter des Brand und Peer Gynt ist. (Unser Museum sollte diesen Druck kaufen.) Ein Strindbergkopf zeigt Strindberg, den Weibsucher und - hasser, den Weibabhängigen. Das ist überhaupt der Hirn-Knotenpunkt Munchs: das Weib. Das Weib als des Mannes Vampyr, das Weib als ewiger quälender Spukgedanke des männlichen Hirns: überall das Triebtier Weib, und der Hörige, der Mann. Munchs Dämon treibt ihn, Dämmerzustände darzustellen: Alpdrücken; Menschen, die in düsterer Landschaft von Angst befallen sind; versteinerte Verzweiflung in Sterbezimmern; – diese Blätter sind erschreckend intensiv, es ist etwas in ihnen wie erstarrtes Schreien, wie ersticktes Atemholen. Auch wo er Einfach-Bildliches gibt: badende Kinder, Tierstudien, sitzende alte Frau, weibliche Akte: in allem lauert irgendwo ein Unheimliches, ein Rätsel – bedrückende, unbewußte Naturabhängigkeit der Kreatur. Selbst in den guten Bildnissen Leistikows und Glasers (mit Frauen) ist dies fühlbar.

Alle diese Themen, Gefühle sind durch leidenschaftunterwühlte Striche und Flächen und mystische Traumfarben zu einer beklemmenden Ausdrucksfähigkeit gesteigert, wie man sie sich stärker kaum vorstellen kann.

Der Gesamteindruck ist (gerade gesagt): Pathologische Kunst. Munch leidet an dem Übel der Germanen: dem instinktiven Denken, welches unter den Norwegern besonders stark wühlt. (In Norwegen sollen prozentual die meisten Geisteskrankheiten vorkommen.) Er leidet an der gefährlichen Grübelsucht, die manchmal bis zum leisen Wahnsinn steigt (man denke hier auch an seine Landsleute Hamsun und Obstfelder). Vor fast keinem der Blätter wird man das Gefühl des durch die Leidenschaften verschieden stark variierten Pathologischen los – und doch wieder fühlt man in jedem den Gegen-sich-selbst-Kämpfenden, den Selbstbezwinger, der sich in diesen Kunstgebilden befreit: den über den drangbeschwerten Menschen hinauswachsenden Künstler. Alle diese primitiven, oft holzschnittähnlichen Ausdrucksformen lassen den Trieb zur wenigstens möglichen Erlösung des Hirn-Chaos zur Formeinfachheit, zum Kunstwerk erkennen.

Diese Lithographien sind wahrscheinlich in früheren Jahren entstanden. Munch scheint sich aus dem Grübelbann immer mehr und willensstärker »herauszumalen«. So sind seine Gemälde von einfacher, suggestiver, erdverwurzelter Größe; und seinen größten Sieg in der Kunst, seinen größten Sieg über sich selbst hat er in den kosmisch gefühlten großen Wandbildern der Universität zu Christiania erreicht. Besucher, berührt dich dieser leidenschaftliche Träumer nicht, »spricht« er nicht zu dir, so schimpf nicht auf ihn – geh in den Hauptsaal und erfreue dich an der abgeklärten Feierlichkeit Feuerbachs.

(Erschienen im Hannoverschen Kurier am 10. März 1914.)

Kriegstagebuch

1

Qualmschwarze Nacht. Stolpernd, fallend, wieder aufstehend keuchen wir schweißwarm und apathisch nach vorn. Erschöpft von fünf Stunden Marsch. Gepäck für die neue, außerordentliche Stellung schwerer, wenn auch praktischer verstaut, als sonst. Fettigkeiten, Mineralwasser, Tabak und Extraportionen von Patronen haben wir mit. Wir gehen im Gänsemarsch. Vorsichtig geht ein Geländekundiger führend voran. Durch Granatlöcher, Granatlöchern ausbiegend, hin und wieder über Tote. Den Löchern nach scheint's eine böse Gegend hier zu sein. Wie mag der erste Graben aussehen? Die Allwissenden sprachen nur von Trichtern. Immer wieder Rufe von hinten: Kurztreten! Sie können nicht mehr. Soll die Linie nicht abreißen, muß die Spitze schon verhalten. Abirren einzelner wäre fast so gut wie tödlich. Denn die Zone hinterm Graben ist, wie wir wissen, immer die am meisten von Geschossen bestreute. Heute ist's wohl ausnahmsweise ruhig.

Da ist endlich der Graben. Schwarze, kaum wahrnehmbare Linie. Flüsterndes Anrufen, ebenso von uns die Antwort. Wir kauern uns Mann neben Mann, denn Unterstände scheinen nicht da zu sein. Käme erst der Morgen! Fahle Helligkeit schwillt zögernd. Deutlicher tauchen Herbstfarben, Geländewellen, und dann halblinks vor uns die angefressenen Häuser des verlorengegangenen Le Sar aus den Schwälen der englischen Gräben, etwa neunhundert Meter entfernt, kaum zu erkennen; zwischen ihnen und dem unseren eine sanfte Mulde. Grau begrast. Es regnet. Erst Tropfen, dann stetiges Gießen ohne Aufhören. Jeder hockt für sich, Zeltbahn über den Kopf gezogen, wortlos. Nach fünf Stunden sind Zeltbahn, Mantel, Rock, Hemd durchweicht. Weiterhin liegt im Schlamm unser Spielmann Becker, vollkommen betrunken und klappernd vor Frost. Doch er schnarcht. Die Grabenwände kommen ins Rutschen. Immer öfter fällt klatschend ein Lehmbrocken in die Pfütze. Neben mir sehe ich ein dunkles Loch, eine hinabführende Treppe mit anschließendem Bunker. Schwarz, feucht und jedenfalls verlaust. Platz für drei Mann nur. Die Sanitäter, die darin liegen, wollen mich nicht hineinlassen. Ich setze mich wieder, breche eine Fleischbüchse auf, die vor mir im Schlamm lag, und fange an zu kauen. Einen halben Tag noch regnet's; dann ruft man mich aus dem Stollenloch. Da der Eingang schon ganz zugeschlammt, krieche ich auf dem Bauche hinein. – Ich schlief wie ein Tier.

2

»Alles raus! Feind greift an!« brüllt einer in unseren Keller. Schon wieder fort. Es mußte gegen Mittag sein. Helm auf gestürzt, Gewehr gegriffen; beim Hinaufstolpern das ekelhafte Gefühl: wenn sie dir nur nicht schon auf den Nacken springen. Beim Herauskommen plötzlich auf mich einbrechend: Trommelbrandung, Paukenchaos, tausend Sturmorgeln, tausend polternde Wagen: eine einzige Brandung von Wirbeln; auf wölkende Rauchfontänen bis weithin. Mitten in allem: wir. Wir fühlen nicht mehr, daß wir frieren, daß wir läusevoll, daß wir naß bis auf die Knochen, fühlen nur dies wahnsinnige Unverständliche um uns brüllen. Zittern springt mir in die Knie und Handgelenke. Nur kurze Zeit. Ich habe meine Mütze mit einem Haufen Zigarren darin neben mich gelegt. Ich stecke mir eine an. Und Wunder (kraft dieser Ablenkung), das innere Gleichgewicht ist wieder hergestellt. Fünf Meter links von mir steht einer der kleinsten und frechmäuligsten Berliner Rekruten. (Ich ohrfeigte ihn einmal gründlich an der Yser, weil er es nicht lassen konnte, mich dauernd anzustänkern.) Nun sehe ich, er zittert. Ich schichte Handgranaten vor mir auf. Für jeden Fall. Der Berliner schielt herüber; und siehe da, er folgt meinem Beispiel: legt Handgranaten zurecht und steckt eine Zigarre an. (Das Beruhigungsmittel.) Dauert nicht lange, so rauchen sie alle, die Behelmten, soweit ich sie sehe: fünf Mann links, zehn Mann rechts von mir.

Ein neuer Klang wird in dem Brausen hörbar – da: fünf, fünfzehn, zwanzig von den großen Vickers-Doppeldeckern stoßen über unsere Linie. Erkundend und Artilleriefeuer lenkend. »Fliegerdeckung.« Alles preßt sich reglos gegen die Lehmwand. Ein Flieger flankiert mit seinem Maschinengewehr aus hundert Meter Höhe unseren Graben. Ebenso kämmt ein MG vom feindlichen Graben her unsere Brustwehr ab, um uns am Ausguck zu hindern. Plötzlich gibt einer aus dem Fliegerschwarm Hupensignale, genau wie wenn ein Auto durch die Stadt saust. Das war das Signal für die Kanadier. Überall rücken sie in Gänsemarschlinien über das Zwischengelände. An unsere Kompanie kommen sie jedoch nicht ganz heran, sie halten sich weiter rechts.

»Mensch, sind Sie verrückt?« schreit mich der Kompanieführer an, »das sind ja unsere Leute!« Wir stutzen.

»Nee, nee, dat sind de Tommys!« meint einer, dann mehrere. Wir schießen weiter nach halbrechts, Visier 750. Da seht, der alte Peter Carsten, Spielmann, Holsteiner: Handgranaten in den Fäusten, springt wie besessen oben auf die Deckung und ruft: »Nu man fix op to!«

Mit einem Beckenschuß kugelt er wieder in den Graben, kreidebleich. Leider sind unsere beiden MG versandet, sonst könnten sie die nächsten Schützenlinien bequem wegrasseln.

Nun kommt auch von unserer 11. Kompanie rechts eine Handvoll Verwundeter und Geflüchteter herbeigestürzt. Die drei anderen Kompanien unseres Bataillons sind zusammengeschossen, die Reste gefangen. Weithin im rauchenden Gelände sehen wir Trupps mit erhobenen Armen auf die englische Stellung zulaufen. Es sind die gefangenen Unseren. Sie geraten in unser eigenes Sperrfeuer, das vor dem feindlichen Graben hämmert. Am rechten Flügel unserer Kompanie ist der Angriff abgefangen. Zwei Gruppen liegen im rechten Winkel zu unserem Graben ausgeschwärmt in Granatlöchern des Hintergeländes. Abgeriegelt! An ein Wiedernehmen des verlorenen Grabens ist nicht zu denken. Das Artilleriefeuer ist zu stark massiert und verflucht gut geleitet. Außerdem haben die Kanadier einen Haufen Maschinengewehre in unserer Flanke eingebaut. Da heißt es: Kopf wegstrecken!

Ich drehe mich zufällig um und sehe von hinten Leute auf uns zulaufen. Ich hebe den Arm: Hier ist Verstärkung nötig! Ich sehe einige vor heranheulenden Granaten in die Löcher plumpsen. Mancher kommt nicht wieder hoch. Jetzt springen mehrere Männer, ein Leutnant, zu mir in den Graben. Sie keuchen furchtbar. Die erste Frage des Leutnants: »Sind sie denn nicht wieder rauszuschmeißen?« Ich schüttelte den Kopf. Er stürmt nach rechts weiter. Den Nis Surballe (von der dänischen Grenze) ziehe ich neben mich, er hat einen Schuß durch den Oberschenkel. Den Schmerz verbeißend, sagt er keinen Mucks.

Gemach schwillt das Feuer ab. Es dunkelt. Nun es stiller geworden, hören wir vor und hinter uns das herzquälende Hilfeschreien der Verwundeten. Es ist keine Hilfe möglich. Man würde sich verirren im Gelände und von den immer wieder tackenden Maschinengewehren aufs Korn genommen. Dazu sind unsere Krankenträger sämtlich verwundet. Wir sind alle müde zum Umfallen, aber an Schlaf ist nicht zu denken. Die ganze Nacht quellen die Schreie aus den Granatlöchern. Gegen Morgen verstummen sie mehr und mehr. Wir nicken im Stehen ein wenig.

Merkwürdig ruhiger Morgen nach der Schlächterei. Wie selbstverständlich gehen, nur etwa zweihundert Meter von mir entfernt, sehnige, lange kanadische Sanitäter in Mantel und Stahlhelm im Vorfeld und buddeln ihre Toten an Ort und Stelle ein. Sie haben eine große Rote-Kreuz-Flagge neben sich in den Boden gepflanzt. Es fällt kein Schuß. Wieder und wieder tragen die Kanadier Verwundete huckepack in ihre Gräben. Unsere Krankenträger suchen ebenfalls das Feld ab. Jakob Lorenzen, Hannes Meier, Müller, Julius Bendixen und zwei andere, die wir schon vermißten, wurden gefunden, alle von einer Granate zerschlagen. Sie wurden in einem Granatloche beerdigt.

Den Tag über ist lange, lange Ruhepause.

3

Wir hatten ihn nur ein- oder zweimal im Reservegraben gesehen. Das hatte genügt, ihm den Namen »Zieten« bei uns zu verschaffen. Das heißt, er hatte mit dem alten Zieten nur den Reiterberuf gemein. Sonst war er wohl in allem sein Gegenteil. Blasiert, etwas morsch in den Knochen, Monokel eingeklemmt, die Stimme näselnd, monoton: der richtige Husarenrittmeister aus Friedenszeit. Er imponierte mir mit seiner aristokratischen Weltgelassenheit. Denn so wie er sich hier in unserem urweltlichen Graben zeigte, hätte er sich kaum besser in einem Salon bewegen können. Nur daß er den Stahlhelm trug: Er müßte nach vorn, denn die meisten Kompanieführer seien gefallen, er müßte vorn das Bataillon übernehmen, hatte er zum Regimentskommandeur telefoniert. So war er denn zu uns gekommen. Alle Achtung! wo sich die Bataillonsführer doch sonst nicht in vorderster Linie aufzuhalten haben. Eines Morgens mußte ich als Gefechtsordonnanz ihn mit seinem Adjutanten wieder zum Bataillonsgefechtsstand zurückbringen. Nun hatte ich den Weg bei Nacht und dickstem Nebel schon dutzendmal gemacht; die Nase wie ein Spürhund auf den naßblankernden, getretenen Pfad geheftet, hier an einem Blindgänger, einem besonderen Granatloch, dort an dem auf der Seite liegenden schwarzlockigen Hochländer mich orientierend – aber nun: lichtfressende, zertrichterte gelbe Lehmwüste vor mir. Kein Gras, kein Pfad zu sehen. Da kannte ich mich nicht aus. Nur keine Schwäche zeigen, dachte ich, die Sache wird schon gut gehen. Also turnten wir drauflos. Immer an Granatlöchern vorbei, die mit blutigem Regenwasser gefüllt waren.

»Wir müssen uns mehr rechts halten«, sage ich, einem unbestimmten Gefühl nachgebend. Doch bald standen wir ratlos da. Wohin nun? Ein Glück nur, daß der Engländer nicht schoß.

»Sie Ochse! Sie Esel!« bricht da unser Zieten los. »Führen uns hier in die Irre!« Ich stolpere unentwegt weiter, dauernd »Esel« und »Rind« hinter mir hörend.

»Sehen Sie nun, wo Sie uns hingeführt haben?« – »Sehen Sie nun ein, was Sie für ein Ochse sind?«

Ich, schuldbewußt: »Jawoll, Herr Rittmeister!«

»Ach, sein Sie ruhig«, versetzt er wieder näselnd, »ich mag gar nichts von Ihnen hören!«

Er wiederholte den Ochsen noch etlichemal. Da tauchten endlich in der Ferne die Häusertrümmer von Pys auf! Und wir schlugen unsere Richtung nach dort.

Tagebuchblätter aus dem Kriege

O heilige Notwendigkeit, Notwendigkeit auch dieser Schlachten neunzehnhundertvierzehn.

Wir waren in Gefahr, unsern innersten Menschen zu verlieren; wir waren in Gefahr, im Materialismus zu erstarren. Feuer und Metalle waren uns nichts, gewaltige Maschinen wurden uns Spielzeuge in unseren Händen. Aber auch unsere Nerven wurden Drähte, unser Blut eine chemische Flüssigkeit, unser ganzer Körper eine exakt arbeitende Maschine und unser Herz ein wunderbar komplizierter Mechanismus in dieser. Wir waren in Gefahr, unsere Seele zu verlieren.

Wir haben kraft unserer Tüchtigkeit einen Aufschwung genommen wie kein anderes Volk; wir haben mit unseren Konstruktionen den Weltmarkt erobert. Doch was hülfe es dem Menschen, wenn er die ganze Welt gewönne und er nähme Schaden an seiner Seele!

Und dann kam der Krieg, der unser aller Blut zusammengoß, der uns alle zusammenwarf in *Eines!* Da schäumte unser Blutsaft wieder rot, feuerflüssig, und unser Herz wurde heiß in Rotglut! Wir fühlten: Wir haben wieder Seele. Und dann dieses: daß Einer für den Andern steht; dies Eine, Größte: *Einigkeit!* Und Einigkeit ist Liebe. Liebe aber ist beides: Leben und Seele!

Wir verloren die Welt und die Seele. Aber in diesem segnenden Kampf wollen wir wiedergewinnen die Welt und ganz unsere Seele! Schicksal, heilige Notwendigkeit, Dank!

24. 12. 14

Das breite Volk ohne Führer ist ein Körper ohne Kopf. Instinktmäßig fühlt das Volk dies und klammert sich daher an überlegene Hirne. Gut ist es, wenn das Volk den weisen Führern und nicht den Verführern folgt. Die ganz Großen aber ragen zu hoch aus der Erdsphäre in den Sonnenäther, als daß das Volk sie ungeblendet und beizeiten erkennen könnte. Es folgt ihnen immer zu spät. Nur durch die eingeborene gesunde Stärke des Wachstums und der Lebendigkeit wird dieser Mangel bis zu einem gewissen Grade nicht als solcher und notwendiger fühlbar. Immer schweben die Großen ein Jahrhundert oder ein halbes im Ungreifbaren der Zukunft, ehe das Volk sie erreicht und erkennt. Wohl dem Volke, wenn es ihnen dann folgt, so gut es kann.

16. 7. 15

Alles in der Welt erhält sich aus Gegensätzlichkeit. Wir Deutschen haben für alle Zukunft die unbedingte Aufgabe, gegen den Materialismus der übrigen Völker unsere universale Geistigkeit in die Waagschale zu werfen und so das kulturelle Gleichgewicht des höchsten Lebens zu wahren.

3. 10. 15

Nach diesen vielen Monaten des Feldlebens empfindet der Dichter im Heere den Krieg nicht mehr als Ausnahmezustand, sondern als den gewöhnlichen. Durch die fortwährende Häufung und Folge von militärtechnischen, strategischen, politischen, kulturellen, ethisch-moralischen Reizen stärkster und gröbster Art ist das Gefühlsthermometer beharrend, unempfindsamer (unsentimentaler!) geworden. Die Gefühlsüberstürzungen, die den gesteigerten Ausdruck der Poetik hervorrufen, bleiben aus.

Die dichterische Zusammenfassung wird dann erst wieder eintreten, wenn nach der Heimkehr in die Gleichgewichtsruhe des Friedens rückwirkend der Krieg durch tiefst gefühlte Reflexion wieder als das furchtbar Außergewöhnliche hinterherfällt.

4. 11. 15

Die Gestalter, von denen wir die wirkliche Zukunft deutscher Kunst erhoffen, die Gestalter, über die wir uns, in ungeduldiger Verkennung der Gegebenheiten, wundern, daß sie nicht gerade jetzt (in diesen größten menschlichen und staatlichen Augenblicken) mit mächtig redenden Dingen auf den öffentlichen Platz treten – die werden erst mit *dem Stoff* (dem durch die Kriegsumwälzungen werdenden Neustoff des Lebens) geboren. Ihre Jugend heißt: dieser Krieg.

Im großen und ganzen: das Volk bleibt, was es ist. Auch in diesem Kriege. Doch das Große ist: daß es in den entscheidenden Momenten, zu Hause in der Beschränkung, vor dem Feinde im Angriff und im selbstverständlichen Ertragen der Strapazen eine Weile riesig über sich selbst hinauswächst!

Möge die Erinnerung daran ihm *immer* in den Fußsohlen bleiben.

Noch niemals haben sich die Männer des ganzen deutschen Volkes so untereinander erkennen lernen können wie jetzt während des Krieges draußen im Felde, alle in derselben Uniform. Und für die Kulturpolitiker, für die schöpferischen Gestalter und Seelenforscher, die auch Soldaten unter ihnen sind, gilt dies im höchsten und wichtigsten Sinne.

Unsere größte menschliche Aufgabe nach dem Kriege wird heißen: Vergib deinem Feinde, der doch von der Schöpfung des Menschen her dein Nächster auf Erden ist. Hat der Weltkrieg nicht *uns alle* so groß und furchtbar getroffen, daß es uns aus gegenseitiger Schmerzerkenntnis menschlich leicht sein müßte, zu neuem Verstehen die Hände zu reichen?

Mit unserem jetzt kriegsmäßig uniformierten äußern hat sich auch unser innerer Mensch (und wahrscheinlich nicht nur vorübergehend) unter der Gewaltsamkeit der Zeitereignisse verändert. Unter anderem hat auch unser Urteil in Dingen der Kunst, durch die Einwirkung des äußersten Kampfes um Sein oder Nichtsein, eine Reinigung, eine Höhung im Anspruch, eine richterliche Schärfung erfahren. Nicht mehr wie früher duldet der kritische Geist in objektivster, scheidungsfreier Gastfreundschaft alles mögliche künstliche Geschwätz und Gebild in der Kunst, das sich fälschlich

als solche ausgab. Es steht jetzt nur die eine prüfende Frage den
Werken der Künste gegenüber: Ja – oder nein, *Notwendigkeit* – oder
Überflüssigkeit, und danach: Liebgewinnung oder Abstoßung. So
wird, weil es Phrase oder Spielerei, das Kleine kleiner, das Große
aber größer wirken; denn wie sie das Kleine als nichtssagend unbe-
achtet läßt, verlangt nur nach diesem die Sehnsucht (gerade in diesen und durch diese kampfgroßen Zeiten des stürmenden Todes
wachgerufen und gefördert – nicht betäubt) – als nach einem un-
wandelbar beruhenden Trost und Ausgleich und lenkenden Ziel
zur inneren Selbstbesinnung auf das Ideelle, das uns unsern Krieg
menschlich gestalten und ertragen helfen soll.

19. 1. 16

Weil auch die ergreifendste Dichtung immer begrifflicher, tat-
sächlicher, mehr oder weniger vom Verstände *mit* zu erfassen ist,
kann sie nie so leicht und unmittelbar die tiefste Rührung, die Füh-
rung bis zu Tränen auslösen wie die, aus dem dunkelsten, unbe-
wußten Gefühl des Schöpfers (Mittlers) heraufströmende und wieder zum *Gefühl* des Hörers geheimnisvoll dringende Musik. –

Die Musik trifft ohne besondere Umstände sofort unser heiligstes
Wesen – unser Gefühlszentrum und ruft daher bei den Empfängli-
chen die umfassendste innere, in gewissem Sinne religiöse Bewegtheit hervor.

15. 2. 16

Um wie viel mehr bestimmt doch das Weib die Lebensabschnitte,
das fortlaufende Dasein des Mannes. Die (scheinbar unterwürfige,
untergeordnete) Hingabe, Anschmiegsamkeit, Akklimatisation des
Weibes dem aus sich selbst schöpferischen Manne gegenüber sind
doch nur physisch bedingt (denn das Weib ist der Leib!): Eigen-
schaften, Stadien. Des Mannes Leben aber ist der Weg von Schoß zu
Schoß. Vom rätselvollsten, heiligsten Schoß der Mutter zu dem
Schoß des Weibes, das alle seine Fülle, Sehnsucht, treibende Kraft
und erkennenden Geist geeinigt unter der höchsten Lebensform
Liebe empfängt – des Weibes, das wieder Mutter, *ihm* Mutter seiner
Kinder werden soll, in denen er sich als in einem Ideal fortzuleben

wünscht, denn sie sollen (in neuem Körper, Fleisch von seinem Fleisch) *seinen* höchsten Wert erreichen und darstellen.

27. 2. 16

Der Deutsche ist der Universalmensch. Sein Leben heißt: Kampf und Arbeit und Verschmelzung idealen, naturalistischen, apollinischen und dionysischen Geistes. In beiden erreicht er größte «Wirkungen. Wird es ihm gelingen (nachdem er den Höhepunkt seiner staatlichen und geistigen Entwicklung überschritten), in einem letzten großen Klange seine und seiner Wirkungen Einheit, nämlich: vollkommene Mischung konkreten und abstrakten Geistes, die gleicherweise national wie weltlich ist, zu erreichen?

9. 3. 17

Das Lächeln aber ist göttlich. Kaninchen, Hund, Katze, Pferd: die Tiere können nur auf unbeholfene und unvollkommene Art ein Wohlbefinden ausdrücken. Uns aber, den Menschen ist es gegeben, gleich dem großen Urvater, der sich unser erfreut, froh zu erstaunen über ihn, uns selbst und die Welt mit glücklich geprägtem Gesicht. Wie das Lachen aus dem Übermut oder der Dummheit des Fleisches ersteht, so das Lächeln allein aus der Feinheit und Einfalt des Herzens – und es ist deshalb so menschlich wie göttlich und schönster Ausdruck des dem Menschen verliehenen Adels.

21. 2. 18

Eine Dichtung habe nicht nur redende Stimme, Gedanken, Idee – sondern auch tragenden Körper, Fleisch und Bein, wodurch jenes erst in plastische Wirksamkeit gesetzt wird. Je restloser sich beides durchdringt, um so vollkommener ist die Dichtung als Kunstwerk an sich. Erst nach dem Erfüllen dieser Grundbedingung kommt der innewohnende Gehalt, Größe und Eigentümlichkeit der Idee oder zusammenfassenden Anschauung zur Bedeutung.

Das Geheimnis dichterischen Schaffens besteht in dem, daß der Dichter vermöge seiner Einfühlungsfähigkeit mehr unbewußt denn absichtlich denselben Grad der rhythmischen Schwingungen erreicht, den die dargestellten Dinge, also etwa eine Lokomotive, ein Baum, ein menschliches Herz innehaben. So könnte es denn bei vollkommener Übereinstimmung nicht möglich sein, daß *um* die Dinge geredet wird, sondern daß sie aus sich selbst nach ihren eigenen Gesetzen gestaltet werden.

Was dem gewöhnlichen Menschen hinter der auseinanderstrebenden Vielgestaltigkeit des Seienden verborgen, in Wahrheit aber da ist, von Anfang zu Anfang – bewirkt sich in jedem neuen Dichter immer wieder neu: Die Einheit aus der Zusammenfassung der Dinge.

Soll der lebende und erlebende Dichter *mensch* welthingegeben der vollkommene Idealist sein, so ist doch der Künstler und Könner in ihm der reine Egoist, der alles, was er brauchen kann, in sich saugt und dem dies Brauchbare, ob er will oder nicht, unter der Hand zu Form und Gebild wird.

Je stärker in dem einzelnen die Lust und der Wille zum Leben herrschen, je mehr, je liebevoller zieht ihn die Welt an sich, hält und erhält ihn; je schwächer der Lebensimpuls im einzelnen ist, je wertloser ist er der Erde, je gleichgültiger läßt die Erde ihn aus seiner Bahn fallen in das Nichts.

Wirklich gut, stark und gerecht wird dieser unser Krieg nur vom *besten Teil* des Volkes geführt; von dem Teil, der zu Friedenszeiten die kulturelle Höhe unseres Volkes bedeutet. Das übrige Volk bleibt, wie es ist; nur werden einige, die an den Grenzen schwankten, durch die Begeisterung mit hinübergerissen in die gemeinsame Einordnung unter ein höchstes Ziel. Aber das hoffen und glauben wir doch, daß *jeder* wenigstens einen Augenblick über sich selbst hinauswuchs!

Auch die größten, politische Gebilde umstürzenden und erneuernden Kriege, mögen sie auch für die teilhabenden Menschen noch so grausig, ergreifend und heroisch bewegend sein, können keine Veränderung oder Beeinflussung der Kunst bewirken. Dem unerschüttert zentralen Quell- und Triebgeist aller Denk- und Bildkunst ist der Krieg nicht mehr und nicht weniger Stoff wie jedes Ereignis der Natur, des einzelnen oder der Tausenden von Menschen; sei es nun Weltuntergang, Frühlingsblühen, Sturzflut, Mondaufgang oder Mord, Liebesnacht, Hungersnot, Kuß, Revolution und umwälzende Erfindung im Technischen. Alles dies zieht der Kunst-, Vater- und Muttergeist mit stets gleichem heißem Bemühen und regsamer beherrschender und ordnender Würde an sich und in sich. So kann es sein, daß die durch den vermittelnden Dichter besungene Liebe zweier Menschen (die eigentlich nur diese selbst angeht) den späteren Geschlechtern wertvoller und herzerfassender ist als eine noch so große Historie vom Bruderkriege, vom Weltkriege europäischer Völker.

Ist es eins, was der Kunstgeist bevorzugt, leidenschaftlich vor allem andern zu halten sucht, so ist es allein nur, gebunden im Stoff oder frei schwebend in eigener Glorie – das Göttliche.

Hast du schon Tote betrachtet? Nicht die, die friedlich und sauber in den Betten den »zivilen« Tod gestorben sind, sondern die von Stahlsplittern getroffenen, zerfetzten Leiber der jüngeren und älteren Männer, die in dem Schützengraben der Verteidigung den barbarischsten Märtyrertod erlitten; den Tod, vor dem alle Worte vom »Heldentum« wie eine theatralische Phrase verblassen. Ich meine auch nicht jene ersten Male, da du erschüttert und aufgewühlt die toten Körper deiner Kameraden, der jungen Männer, die aus dem Tor ihres aufgehenden Lebens, aus bräutlichen oder Kindesarmen gerissen, mit flüchtigem Blicke streiftest, ängstlich und schnell vorbeigehend, denn du fürchtetest dich vor diesem Grausigen (und waren doch nicht mehr und nicht weniger Menschen gewesen als du, waren doch nur, was auch du sein wirst). Nein, wenn du dich einigemal gezwungen hast, bei ihnen stehn zu bleiben, ihnen gegenüber Verstörtheit verloren, und Festigkeit, so von einem in sich selbst gleichgewichtigen Charakter kommt, gewonnen hast, mit ruhigem, gleichsam vertraulichem Gefühl sie betrachtest – dann wirst du dastehen und erkennen, daß in diesem wächsernen Gesicht, in diesen steifen Fingergliedern, die die in Todeskrampf herausgerissenen Grasbüschel noch umklammern, daß in diesem grün und lila verfärbten und mit schwarzroten trockenen Blutkrusten überrieselten Brustkorb, daß in diesem ganzen Leibe die *Seele* alles war. Die Seele, die das *Leben* mit sich nahm.

Sinnend wirst du dastehn und nach einer Weile ernst und verwundert lächeln über dies erstarrte, farbmüde und schmutzige Fleisch, über diese große, grotesk verrenkte Puppe, über diese hölzern steife Marionette (darin auch das Herz nur ein toter faulender Klumpen ist), die einst ein so glänzend konstruierter und tausendfältig funktionierender Organismus war, der Mensch hieß.

Die Festung

1

Alles war still. Dunkel zog sich der Wall des Laufgrabens, der wie ein langgestreckter Hügelrücken aussah, in die Nacht und verschwand darin. Der niedrigstehende, dunstigrote Neumond warf schwache Helligkeit auf die im Graben schlafenden Soldaten; einige Gewehrläufe blinkten.

Marks lag mit dem Rücken gegen den Wall, blinzelte in den mächtigen Lichtkreis und mühte sich dann, die ferne Bergkette der Vogesen zu erkennen; je länger er hinsah, desto mehr flimmerte es vor seinen Augen; und glaubte er, etwas zu unterscheiden, so zerfloß es schon wieder, und die Nacht stand wie eine grenzenlose schwarze Wand vor ihm. Er lag so seit neun Uhr und konnte nicht schlafen; die Gewißheit, daß es um zwei Uhr nachts zum Hauptangriff gehen sollte, hatte ihn, der sonst immer gleichmütig war, doch etwas unruhig gemacht. Er hatte ja auch außer einigen unbedeutenden Plänkeleien nichts mitgemacht – aber diesmal galt es den ersten großen Kampf im Kriege. Ungerufen bohrte Nachdenken in seinem Hirn, und es sauste vor seinen Ohren.

Er hatte erst vor einem halben Jahre seine einjährige Dienstpflicht abgeleistet und hatte dann gleich wieder sein Medizin-Studium in Göttingen aufgenommen. Da brach der Krieg aus. Um nicht vorläufig untätig bei seinem Truppenteil stehen zu müssen, hatte er sich mit einigen anderen Studenten sofort als Freiwilliger an die Grenze gemeldet. Man hatte sie in diese Kompanie gesteckt, um den Mannschaftsbestand, der bei dem ersten, blutig zurückgeschlagenen Ansturm auf die Südforts der Festung sehr gelichtet war, zu ergänzen. Die Infanterie hatte sich nach dem verfehlten Angriff rings um die Festung eingegraben, schweres Haubitzenmaterial war herbeigeschafft worden, und seit fünf Tagen hatte ununterbrochen das Bombardement gedröhnt. Die Belagerungstruppen waren durch das unaufhörliche Donnern schon apathisch geworden; verwundert hatten alle aufgehorcht, als in den letzten zwei Nächten die rauchenden Eisenmäuler verstummten und auch der eingeschlossene Feind nichts erwiderte. Das Nordfort hatte seit vorgestern lange Pausen geschwiegen und zwischendurch unregelmäßig und schwach gefeuert. Man vermutete hier den wunden Punkt und hatte daher, nachdem noch bayrische Verstärkung eingetroffen war, heute, den ganzen Tag über, fast sämtliche Kräfte vor dies Fort konzentriert. In den verlassenen Verschanzungen waren nur Reservetrupps und die Artillerie zurückgelassen, die durch fleißiges Schießen den Feind zu täuschen hatten. Die Pioniere mußten nachmittags, trotz unangenehmen Kleingeschützfeuers des Forts, neue Schanzrillen vorgraben, um den gefährlichen, dem schlimmsten Kugelgeprassel ausgesetzten Weg in der aufsteigenden Ebene für den nächtlichen Sturmmarsch abzukürzen. Alle Truppen wurden nach und nach in die neuen Stellungen vorgeschoben. Dann wurde um neun Uhr abends zum Schlafen geblasen, und endlich trat Ruhe ein. Dort, in den ersten Verschanzungen, schliefen nur die Pioniere, die müden Burschen, ihre paar Stunden. Dahinter lag die Infanterie.

Plötzlich fährt Marks erschrocken zusammen und faßt krampfhaft nach dem Gewehr – ein dumpfes Rutschen und Metallklingen hört er nicht weit von sich – er sieht scharf hin – es war nur ein Soldat, der sich zu hoch an den Wall gelegt hatte und in unruhigem Schlaf heruntergesunken war. Der Helm war über Seitenkoppel und Gewehr gekollert – der Mann aber wachte nicht auf. Marks zog die Uhr hervor und hielt sie gegen den Mond: genau zehn! Langsam drehte er sich herum und schob sich hinauf – er sah eine verschwommene, dunkel ausgebreitete Silhouette: die Bodenerhebung, auf der die Festung lag – er hörte von irgendwo den Tritt des Wachtpostens, aber er sah niemanden – leise kroch er wieder hinab, zwischen den Schläfern hindurch, legte sich dann auf die Seite, schloß die Augen und versuchte einzuschlafen. Aber es ging nicht; sein Gehör überschärfte sich, und es sauste erregt darin. – Tiefe Atemzüge und hier und da eine unwillkürliche Bewegung oder wirres, aus gequältem Träumen kommendes Gestammel – und wieder tiefes, todmüdes Atmen weithin! Scharrendes unbestimmtes Geräusch dringt her, und ein Klirren – wahrscheinlich sind es die Pferde von den Proviantwagen oder leichten Geschützen, dachte er. Neben ihm schnarchte jemand immer röchelnder und unheimlicher. Marks gähnte, ohne jedoch müde zu sein; es zuckte und hämmerte in seinen Schläfen. Der Nachbar schnarchte furchtbar, und irgendwoher begann noch ein Mann stoßweise zu glucksen. Er richtete sich auf und blickte ärgerlich zur Seite, doch er hätte fast gelacht über dies dumme, hilflos verzerrte Gesicht des Schlafenden, aus dessen Mund, der wie eine dunkle Höhle gähnte, fortwährend Eruptionen wie große Luftblasen herausplatzten; es hörte sich an, als ob ihm eine Faust den Hals zusammendrückte und er dicht vor dem Ersticken wäre. Dann wälzte Marks sich auf seine rechte Seite, und – erblickte ein paar wache Augen, die auf ihn gerichtet waren. »Sieh«, dachte er, »kann der auch nicht schlafen?«

Nachdem sie sich beide eine Weile angesehen und Marks allmählich erkannt hatte, daß es der pessimistische junge Lehrer war, der auch als Ersatzsoldat, einen Tag später als er selbst, dicht neben ihm eingereiht worden – rief er ihn gedämpft an:

»Heh!« –

Der andere kroch näher, stieg über den Nächstliegenden, setzte sich dann neben Marks und drückte ihm die Hand.

Sie sahen sich an – und jeder wußte vom anderen, daß ihn Gedanken quälten.

»Na, Gott sei Dank, morgen geht es endlich ins Gefecht.« Als der Lehrer nichts hierauf erwiderte, sah Marks ihn von der Seite an – er glaubte Wasser in seinen Augen zu sehen.

»Ja –«, seufzte dieser schließlich, »es ist entsetzlich.«

»Entsetzlich?« fragte der Student. – »Haben Sie Angst?«

»Ach nein, das ist es nicht«, lächelte der junge Lehrer wehmütig. – »Haben Sie noch an Ihre Eltern und Verwandten geschrieben?«

»Ach was«, meinte Marks gleichmütig, »die werden schon früh genug erfahren, ob ich unter oder über der Erde bin.«

»Ich habe auch nicht geschrieben – es ist so vielleicht besser.«

Sie schwiegen.

Marks sah sich um – der Schnarcher war verstummt und lag mit friedlichem, mondbeglänztem Gesicht da; die Knie hatte er heraufgezogen; die beiden obersten, blankgeputzten Messingknöpfe am Rock flimmerten im Licht.

Weiter oben schlug einer mit dem Arm um sich, der getroffene Nebenmann ächzte dumpf auf.

Tiefe Atemzüge.

Der Mond stand jetzt hoch und sah silbergelb aus.

»Ja –«, fing der Jüngere wieder an, »das Blut wird zu dick und satt im schläfrigen Frieden – wir hatten auch schon zu viel Kraft in den Friedensjahren seit: achtzehnhundertsiebzig aufgespeichert, jetzt will und muß es mal wieder explodieren.« Er hatte die Hand emphatisch erhoben und schlug, während er weitersprach, immer bei den Kraftpunkten in die Luft. »Was sind wir für graue Menschen geworden, wir sind Krämer und Gewerbetreibende, Industrieleute und sonst alles mögliche – aber wir haben nicht mehr den großen Sinn in die Ferne, die wilde Lust nach Abenteuern, Besitzergreifungen, wie sie unsere Vorväter hatten.

Wir wollen nicht wissen, daß unser Blut immer Kampf will, immer! Freie Faust und Kampf!«

Der Lehrer hatte ihm einige Male auf den Arm geklopft, während er so laut sprach, aber er hatte es nicht gemerkt; er stieß nun mehrmals den Atem prustend heraus, als ob er schwitzte.

»Wir dürfen nicht so laut reden«, sagte der Lehrer. Marks sah etwas verwirrt nach beiden Seiten – aber nichts rührte sich.

»Das ist alles ganz gut, wie Sie es sagen«, meinte ruhig der Ältere. »Aber warum nicht ein friedlicher Kampf: Klugheit gegen Klugheit – statt dieser barbarischen, von den niedrigsten Urinstinkten des Menschen genährten Kriege? Das ist ja nun gar kein Kampf mehr: Kraft gegen Kraft des anderen, Faust gegen Faust wie früher – das ist eine maschinenmäßige Schlächterei; Maschinengewehre, Schnellfeuergeschütze, gepanzerte Luftschiffe, Minen wüten gegeneinander. Der Kampf ist unpersönlich, riesiger und entsetzlich geworden – und das Ende ist: grenzenlose Zerstörung alles Lebens. Bedenken Sie, daß der Sieger – das ist der, der die jungen Männer des feindlichen Staates am kunstgerechtesten niedermäht – durch seine erfolgreichen Schlachten dessen ganze Zukunft für hundert oder viele hundert Jahre vernichtet?«

Der Student schwieg sinnend; seine Finger trommelten mechanisch auf dem Seitengewehrkoppel.

»Ich kenne kein rührseliges Bedauern mit einem Unterliegenden, nur der Stärkste hat das Recht zum Leben; Sie sehen das überall in der Natur und unter den Menschen. Und wer hier der Kräftigste, der Sieger und Zukunftserbauer ist, das wird sich von morgen ab schon zeigen.«

Der Lehrer zog die Knie an und legte die Ellbogen darum und antwortete dann vor sich hin: »Wir müssen ja diesen Krieg noch austragen; aber später soll alles besser werden. Keine Heere, keine wahnsinnig gesteigerten Rüstungen.« »Aber es kommt dadurch doch Geld unter das Volk«, warf Marks ein.

»Gewiß kommt dadurch Geld unter das Volk, aber das Geld könnte für humanere Zwecke angewandt werden. – Ja, später – da soll es nur Polizeitruppen und Gerichte geben, die Recht und Sitte aufrecht halten, und *ein* großes Schiedsgericht für die ganze Welt, das alle aufkeimenden Streitigkeiten unter den Ländern schlichtet und die Kriege von der Erde schafft. Jeder Krieg ist zu vermeiden – auch dieser wäre beizeiten zu verhindern gewesen, jetzt ist es zu spät.« Der Lehrer unterdrückte einen Seufzer.

»Und wenn Ihr schöner Traum in Erfüllung geht«, sagte Marks, »dann kann die ganze Menschheit ruhig schlafen gehen –«, er bereute jedoch gleich seine Ironie und sagte: »Doch – Ernst: Sie wissen doch auch, daß die großen Ideale nie reale Wirklichkeit werden, wenigstens nicht vollkommen.«

»Ja – leider, aber die Sehnsucht hofft doch immer, und wir glauben doch noch immer, am Anfang zu stehen und ...«

Da riß Marks ihn am Arm: »Der Posten!«

Sie warfen sich beide nieder. Marks lag auf dem Bauch und schielte nach oben – er sah, wie die schwarze Silhouette des Soldaten reglos stehenblieb; das Gewehr lag über seiner Schulter, und das aufgesteckte Seitengewehr blinkte. Jetzt nahm er seinen Gang wieder auf; seine schweren Schritte verhallten weich – – vorbei. Eine Weile stierten die beiden ins Dunkel.

»Na«, flüstert der Lehrer vorsichtig«, ich glaube, wir schlafen noch ein paar Stunden.«

»Ja«, sagt Marks und hält die Uhr in die Höhe, »es ist zehn Minuten nach elf, wir haben nun noch drei Stunden.«

Einen schweren Augenblick schwiegen beide.

»Gute Nacht«, sagt Marks.

»Auf Wiedersehen«, antwortet der andere bedeutungsvoll, drückt ihm die Hand – und kriecht dann leise zur Seite auf seinen Platz.

Tiefe Atemzüge weithin; hier und da Schnarchen; der Mond ist ganz hinaufgerückt und glänzt merkwürdig und friedestill.

2

Marks spürte eine sonderbare dunkle Erschütterung–jetzt wieder – er riß die Augen auf: man hatte ihn an der Schulter gerüttelt, der Wecker war schon weitergegangen – um ihn her sprangen und krochen die Soldaten hoch – es wimmelte überall. Marks blickte auf und besann sich – der Mond war ganz tief zur Seite gerutscht – weiter hinauf hörte er eine Stimme: »Vorwärts hoch!« – Nun mußte er wohl. Er stand auf, seine Beine waren steif, er fror. Er rollte den grauen Feldmantel, auf dem er gelegen hatte, zusammen, schnürte ihn um den Tornister und warf dann diesen schweren Rucksack über den Rücken. Mantel, Rock, Tornister – alles war feucht und klamm. Er schüttelte sich und schlug die Arme mehrmals überkreuz um den Rumpf. »Einrücken! ausrichten!« brüllte hinter ihm jemand; er faßte schnell sein Gewehr, stieg über den Wall und sprang nach vorn, wo schon eine dunkle Masse stand. Knöpfe und Waffen blitzten auf – rundher gedämpftes, schwirrendes Gemurmel – und weit in die Nacht schrille Kommandorufe. Er suchte sich in dem kribbelnden, dicken Schwarm zurechtzufinden. Da kam einer auf ihn zu – es war der Lehrer – doch nein, er erkannte seinen Gefreiten Möller: »Verflucht duster«, sagte der; Marks hatte nichts verstanden und stellte sich neben ihn. Mann an Mann schob sich langsam zum langen Glied zusammen. Jemand prahlte roh und laut. Marks sah sich um – er konnte aber keinen erkennen in der unruhig trappelnden Soldatenmenge; bis tief hin schienen helle Gesichter, und darüber blinkerten Helmspitzen.

»Ruhe!« dröhnte es von vorn – wie abgeschnitten verstummte alles.

»Stillgestanden!« – *ein* dumpfer gliedlang zuckender Ruck ging durch die Reihen. Nichts rührte sich.

»Ge – wehr über!« *ein* klirrend aufschlagender Krach, einige Gewehre klapperten nach.

Offiziere liefen aufgeregt vor die Front und riefen abgerissen; Marks verstand es nicht.

Tief vor sich, dicht über dem schwarzhingedehnten Boden sah er in der Ferne kleine, sich bewegende Lichter: die Pioniere – dachte er.

»Mit losem Schritt, vorwärts Marsch!«

(Links und rechts schrie man den gleichen Befehl.) Schwer, dumpfdunkel, stampfend schob sich die unübersehbare Truppenmasse in die Finsternis.

Tritt vor Tritt, vorwärts – Tritt vor Tritt, vorwärts – ab und zu stolperte Marks.

Weiter: Tritt vor Tritt vorwärts. – Er hörte, wie der Gefreite neben ihm stark gähnte und hinterher schimpfte.

Der Boden stieg in unregelmäßigen Wellen an. Vor der Linie tanzten ein paar Schatten – es waren die Unteroffiziere und Leutnants; die grauen Uniformen machten sie fast unerkennbar in der Nachtdämmerung.

Brrr – tönte etwas – Marks horchte; er glaubte, es käme vom Fort her – Barrrr kam es näher – von hinten aber – über die Marschierenden weg, ein starkes metallisches Brummen, nach vorn; ein schwarzes Etwas sah Marks wie eine große Fledermaus dahinschatten. Der Äroplan mußte ziemlich hoch sein; die einzelnen, sonst scharf knatternden Motorzündungen waren zu einem schwachen Surren verwischt. Man hörte schon nichts mehr.

Jetzt ging es durch einen Weinberg; halbmannshohe Stöcke brachen unter den strauchelnden schweren Stiefeln, sie wurden niedergeknickt und zerstampft. Weiter!

Marks hatte das Gefühl, als müßten sie so in alle Ewigkeit marschieren; Tritt vor Tritt, Tritt vor Tritt, vorwärts.– Vom linken Flügel kam eine Bewegung her, ein »Weiter«-Ruf sprang von Mann zu

Mann, einer nach dem anderen nahm im Gehen den drückenden Helm ab. – »Helm bedecken!« rief Marks' linker Nebenmann ihm zu, er gab es rechts weiter und nahm den Helm ab, zog den grauen Stoffbezug aus der Hosentasche und streifte ihn über den verräterisch blinkenden Helm.

Es war einige Unordnung entstanden; nachdem aber alle Helme wieder fest auf den Köpfen saßen, fielen alle Füße wieder in den gewohnten schweren Schritt.

Der Anmarsch wurde mühsamer, der taunasse, schlüpfrige Grasboden setzte in kurzen Sprüngen zu Wällen und Blöcken an, die hier und da von Löchern unterbrochen wurden: es hieß aufpassen. Diese kleinen Anstrengungen, das beklemmende Dunkel und das Ungewisse, das vor ihnen stand, hatte die Truppen warm gemacht; schweißiger Dunst strömte von einem zum anderen – und aus der ganzen bewegten schwerbepackten Menschenmasse stieg es wie warmer Rauch in die naßkalte Nachtluft.

Marks fror nicht mehr; sein Rock, überhaupt die ganze Kleidung roch muffig, wie sonst Zeug im Regen riecht. Er zerrte den Tornister, der allmählich drückte, nach der rechten Schulter hin, denn die Packung in ihm hatte sich verschoben, so daß er bei jedem Ruck des Körpers nach links rutschte. Dies monotone Dahinmarschieren wurde Marks langweilig, er fing an »Auf in den Kampf, Torero« halblaut vor sich hin zu flöten; er hörte aber gleich wieder auf, weshalb wußte er selber nicht. Der Atem ging kurz und stoßend: das Gelände wurde steil. Die Reihen lockerten sich: man sprang, ging, kroch, zog ein Bein nach – marschierte wieder einige Schritte und so fort: vorwärts.

Was war das? – ein langer Lichtstreifen ging in die Nachtwolken – sank tiefer und kam tastend über die Erde hinstreichend näher – »Nieder!« brüllte Marks' Nebenmann, er schrie es nach rechts weiter. Regungslos lag alles keuchend mit dem Bauch auf dem nassen Felde. »Das muß wohl Kohl sein«, dachte Marks nervös, als er große dicke Blätter zwischen den Fingern fühlte. Gespenstisch huschte der Scheinwerferstrahl, schärfer leuchtend von der Seite her – jetzt! – zuckend riß Marks die Augen zu – als er sie nach einem Augenblick wieder öffnete, war er noch ganz geblendet; ein großer Lichtkreis schwamm vor ihm – aber der Strahl war schon weitergewandert und suchte weit rechts im Dunkel.

Alles setzte sich wieder in Marsch: vorwärts.

Da! Brummen – es kam erstickt vom Fort da oben; sie mußten wohl etwas gemerkt haben. In längeren Pausen murrte ein dunkler Knall – er klang aber verwischt, weit entfernt – man schoß wahrscheinlich nach einer anderen Richtung.

Von hinten her schmetterte gellend ein Trompetensignal. »Das Ganze halt!«»Halt!« – »Halt!« schrien die Unteroffiziere vor allen Reihen.

»Tornister abwerfen! Bajonette aufgepflanzt!« wurde weiter kommandiert. Ein Wald von scharf geschliffenen Messern blitzte auf den Gewehrläufen; krachend flogen die Tornister nach hinten.

Ein erwartungsheißer Augenblick Ruhe. – Mann an Mann standen alle mit sturmklopfenden Herzen da. Das stoßweise Brummen vom Fort nahm zu.

Fuiih! – grellrote Leuchtraketen pfiffen vor ihnen im Schwarzen hoch: das Zeichen zum allgemeinen Sturm.

Hinten in den Truppenmassen, vor der Front, links und rechts und ganz weit rechts hinauf – überall schrillten durchdringend die kleinen Pfeifen der Zugführer:

Zum Sturm! Laufschritt marsch marsch!

Wie eine riesige, murrende Herde stürzte alles hastig und heiß vornaufwärts.

Unaufhörlich sauste Donner an allen Ohren vorbei: man schoß wie wahnsinnig vom Fort. Geschosse sausten jetzt auch dicht über die Anstürmenden weg; Feuerkreise zuckten blitzähnlich oben auf: das ganze Nachtdunkel brüllte: ein gewitterndes mörderisches Chaos.

Da schlug es mitten unter ihnen ein:

Krach! – eine Fontäne von Erde, Fleisch und Rauch sprang spritzend und heulend hoch – mit den Nächsten wurde Marks von dem ungeheuren Luftdruck hingeschleudert – er riß sich wieder hoch, er fühlte nichts – er fing wieder an zu laufen: nur vorwärts, vorwärts! Granatsplitter regneten auf die Helme.

Es galt, so schnell wie möglich durch diese Feuerzone zu kommen. Instinktiv rannten alle wie besessen; warum? weshalb? wußte niemand – nur weiterstürmen! schnell! schnell!

Man mußte schon ziemlich dicht vor dem Fort sein, denn der Geschützdonner wurde ohrensprengend; man lief blind durch schwelenden, beißenden Pulverqualm wie durch Gewitterwolken.

Jetzt brach überall in der Ferne ein neues, wühlendes Donnern los und wurde zu einem Brummen, zum dunkelsten Unterton alles anderen Zischens, Krachens und Prasselns: die Zweiundvierzig-Zentimeter-Belagerungsgeschütze nahmen ihre unheimliche Tätigkeit wieder auf; sämtliche Forts wurden unter Feuer gehalten.

Die von Pulverrauch und -geruch zerquirlte dicke Luft wurde von Getöse und pfeifenden Geschossen und hochoben platzenden Feuern zerschnitten; immer mehr und dichter einschlagende Schrapnells rissen entsetzliche Trichter in die aufdrängenden Massen und bohrten sich weiterrasend in die Erde.

Vorn zu beiden Seiten stürzten Soldaten; Marks rannte in wahnwitzigem Rausch weiter – zwischendurch; über einen Menschen wegspringend – einen Getroffenen, der schräg auf ihn zu fiel, zur Seite stoßend; nur eins brannte stärker in seinem Hirn als das Fieber in allen hinhastenden Gliedern: *Vorwärts!* nur dies.

Was war das? Er prallte zurück, andere fielen hin. Stacheldraht war hier gespannt – Pioniere sprangen hervor und zerschnitten mit großen Hackscheren das gefährliche Hindernis – durch! er merkte nicht, daß er sich eine große blutige Schramme quer über die Hand gerissen. Doch zehn Schritte weiter warf er sich mit aller Gewalt rückwärts, so daß er dumpf hinfiel und mehrere auf ihn traten: im letzten Augenblick noch hatte er eine unheimliche Tiefe erkannt, eine Wolfsgrube, die mit spitzen Pfählen und Drähten angefüllt war; Schreien und Ächzen hörte man, es mußten viele hineingefallen sein. – »Bohlen rüber!« kommandierte jemand –und weiter wälzte die Masse über die von Pionieren hinübergeworfenen Balken und Bretter. Sie standen am Fuße des Walles; wie eine schwarze Mauer stieg er vor ihnen auf.

Maschinengewehre prasselten jetzt monoton und heftig von oben, spritzten scheffelweis Kugeln wie Erbsen hinunter.

Die Wirkung war furchtbar; wie hingemäht fiel ein Drittel aller Laufenden.

»*Vorwärts Sturm! Hurrah!*« hörte man durch den Dampf die vom Schießlärm fast verschluckten schreienden Stimmen der Offiziere – und mit wild brausendem *Hurrah!* rasen, wühlen alle aufwärts! – kriechend; auf allen vieren; springend; fallend; *Hurrah! Hurrah!* in das Handgemenge auf den Wall.

Zehn Mann schlagen rücklings hinunter – zwanzig drängen mit zusammengebissenen Zähnen nach – und wieder stürzen zehn Durchbohrte in die Tiefe und reißen Kameraden mit – doch wieder springen dreißig mit blutigheiserem *Hurrah* auf die Schanze – und mehr, immer mehr – Hunderte!

Die Verteidiger ziehen sich in die Mitte des Forts zurück, hinter Mauern, in die Panzertürme, in die Trümmerhaufen der Kasematten – überall laufen und springen welche. – Die Stürmer liegen hinter den Kuppen der Wälle und feuern in das offenliegende, schrecklich verwüstete Fort. Wieder und wieder drückt Marks ab; der Lauf wird schon warm und die rechte Schulter schmerzt ihm vom fortwährenden Rückschlag des Kolbens. Blutrotes Brausen sprengt seinen Kopf fast und verdrängt jeden Gedanken und Bewußtsein; es ist ihm, als ob er im Sonnenbrand läge und furchtbar schwitze. Ganz mechanisch reißt er den Auswurfhebel herum und schiebt einen neuen Patronenrahmen in die Kammer – wieder sechs Schüsse durch den mit heiß verkrampften Fingern gerichteten Lauf – Hebel herunter – ein neuer Rahmen eingeschoben – wieder sechs Schüsse – unaufhörlich.

Vereinzelter knallen die Schüsse der ins Innere geflohenen Verteidiger. Zwischen den in Beton- und Mauerwerktrümmern gebildeten Lücken stapeln sich Tote auf; kreuz und quer sind sie übereinandergefallen, und tief unter ihnen röcheln vielleicht noch Verwundete.

An mehreren Stellen dringen die Stürmer, mit einem Satz von den Schanzen springend, auf die Mitte des Forts zu. Da rennen plötzlich zehn Mann hinter dem geborstenen Panzerturm hervor und laufen, die Bajonette gefällt, mit irrsinniger Bravour auf den Wall zu, auf die verhaßten Schützen zu; ehe sie einige Meter gelaufen sind, kollern neun, jeder von mehreren Kugeln durchlöchert, wie Strohpuppen ineinander – der Letzte stürzt weiter, einige unverständliche Laute stoßweise herausgurgelnd, so als ob er singen wollte – dann schlägt auch er nach rückwärts lang hin, zuckt mit einem Bein und liegt still.

Das Fort ist genommen. Der letzte Mann fiel.

Auf den Schuttplätzen stehen die Eroberer in Gruppen und schreien wie betrunken ein »Hurrah!« nach dem anderen. Marks wollte auch rufen, aber es blieb ihm würgend in der Kehle stecken; er schlich zur Seite und setzte sich in eine Ecke auf einen Mauerblock. Er spürte keine Müdigkeit, nur Durst; ohne abzusetzen, trank er den schwarzen Kaffee aus seiner stoffüberzogenen Blechflasche.

Einige Kommandos; ein lautes Hin- und Hertrappeln; die Besetzungsposten wurden aufgestellt; die anderen sollten nun endlich ruhen. Vollständig erschöpft fielen die meisten Soldaten, wo sie gerade standen oder saßen, in verwirrten blutschweren Halbschlaf; die einen mit fiebrig geröteten, andere mit grünlichblassen Gesichtern.

Von den anderen Forts, die in der dumpfgrauen Ferne wie große Maulwurfshügel aussahen, brummten noch gedämpft und nachlässig Kanonen; ab und zu noch einmal ein scharfer Knall; dann wurde es ruhiger, überall lagerte drückende Mattigkeit.

Zwei Tote lagen neben Marks; dem einen sickerte noch immer Blut, wie ein winziger Quell, aus der Stirnwunde über das Gesicht; an den Rändern war es eine schwarze Kruste. Voll Ekel drehte Marks sich um und sah durch eine große Bresche des Walles nach außen. Unbestimmte, trübgraue, fröstelnde Helligkeit des Morgens dämmerte schweigend über den ganzen Himmel herauf; an einer Stelle färbte es sich grünlich-violett, und darunter, ganz tief, wurde es schon gelb.

... Nun saß er hier; auch ein Sieger – er wußte nicht, ob er froh oder voll Trauer sein solle – ziellose Gedanken schwankten in ihm; er fühlte sich so leer und kam sich eigentlich recht nutzlos vor.

... Er sah in der Reichshauptstadt, in allen Heimatstädten die Menschen sich scharenweise um die Anschlagsäulen, vor den Zeitungsredaktionen drängen und die Siegestelegramme heißhungrig lesen – und dann: Geschrei, Geschrei, Siegesjubel! Wer dachte da wohl an die unzähligen Opfer der Sieger? an die Toten, die mitgesiegt hatten? – die Verlustlisten kamen ja immer viel später heraus.

Wehmütige, zweifelnde Beklommenheit beengte seine Brust: »... dieser Krieg... dieser Krieg!« Ächzen entfuhr ihm. Er hob den starrenden Blick vom Steinboden und sah wieder in die Weite –

Scharlachrot glühte die Sonnenkugel zwischen zartangelaufenen Wölkchen.

Wie ein blutiger Klumpen hing sie da; so entsetzlich rot, als habe sie sich vollgesogen mit all dem schwimmenden Blut da unten. Es war ihm, als ob die Bergkuppen in der Ferne, die langabwärts gezogenen zerstampften Felder und Weinberge – als ob der ganze Morgenhimmel und er selbst – mit Blut, mit brüllendem Blut übergossen seien!

Er merkte, daß ihm übel wurde; er wurde schwindlig – er stand auf und wollte... da! – er stößt mit dem Fuß an die andere Leiche – und – das – das ist – der Lehrer!

Er schwankt, greift in die Luft und bricht mit einem dumpfen Aufstöhnen zusammen.

Golden strahlte ein herrlicher, stiller Morgen.

29. 8. 14

(Geschrieben in Faaborg, Dänemark)

 tredition®

Über tredition

Eigenes Buch veröffentlichen

tredition wurde 2006 in Hamburg gegründet und hat seither mehrere tausend Buchtitel veröffentlicht. Autoren veröffentlichen in wenigen leichten Schritten gedruckte Bücher, e-Books und audio-
Books. tredition hat das Ziel, die beste und fairste Veröffentli-
chungsmöglichkeit für Autoren zu bieten.

tredition wurde mit der Erkenntnis gegründet, dass nur etwa jedes
200. bei Verlagen eingereichte Manuskript veröffentlicht wird. Dabei hat jedes Buch seinen Markt, also seine Leser. tredition sorgt
dafür, dass für jedes Buch die Leserschaft auch erreicht wird.

Im einzigartigen Literatur-Netzwerk von tredition bieten zahlreiche
Literatur-Partner (das sind Lektoren, Übersetzer, Hörbuchsprecher
und Illustratoren) ihre Dienstleistung an, um Manuskripte zu ver-
bessern oder die Vielfalt zu erhöhen. Autoren vereinbaren direkt
mit den Literatur-Partnern die Konditionen ihrer Zusammenarbeit
und partizipieren gemeinsam am Erfolg des Buches.

Das gesamte Verlagsprogramm von tredition ist bei allen stationä-
ren Buchhandlungen und Online-Buchhändlern wie z. B. Amazon
erhältlich. e-Books stehen bei den führenden Online-Portalen (z. B.
iBookstore von Apple oder Kindle von Amazon) zum Verkauf.

Einfach leicht ein Buch veröffentlichen: **www.tredition.de**

Eigene Buchreihe oder eigenen Verlag gründen

Seit 2009 bietet tradition sein Verlagskonzept auch als sogenanntes "White-Label" an. Das bedeutet, dass andere Unternehmen, Institutionen und Personen risikofrei und unkompliziert selbst zum Herausgeber von Büchern und Buchreihen unter eigener Marke werden können. tradition übernimmt dabei das komplette Herstellungs- und Distributionsrisiko.

Zahlreiche Zeitschriften-, Zeitungs- und Buchverlage, Universitäten, Forschungseinrichtungen u.v.m. nutzen diese Dienstleistung von tradition, um unter eigener Marke ohne Risiko Bücher zu verlegen.

Alle Informationen im Internet: **www.tredition.de/fuer-verlage**

tradition wurde mit mehreren Innovationspreisen ausgezeichnet, u. a. mit dem Webfuture Award und dem Innovationspreis der Buch Digitale.

tradition ist Mitglied im Börsenverein des Deutschen Buchhandels.

Dieses Werk elektronisch lesen

Dieses Werk ist Teil der Gutenberg-DE Edition DVD. Diese enthält das komplette Archiv des Projekt Gutenberg-DE. Die DVD ist im Internet erhältlich auf **http://gutenbergshop.abc.de**

Zeitfracht Medien GmbH
Ferdinand-Jühlke-Straße 7
99095 Erfurt, Deutschland
produktsicherheit@kolibri360.de